LES ÉNIGMES D'AMÉDÉE & PÉTULA

ISBN : 979-1-0363-3336-1
Dépôt légal : août 2021
Loi n° 49-956 du 16 juillet 1949 sur les publications destinées à la jeunesse.

Imprimé en France par Pollina - 98862a

Les romans à bulles HOP!

Claire Clément • Marion Piffaretti

LES ÉNIGMES D'AMÉDÉE & PÉTULA

Le mystère du chien qui boite

bayard jeunesse

VOICI LES PRINCIPAUX PERSONNAGES DE L'HISTOIRE :

AMÉDÉE POTIRON

adore les mystères. Plus ils sont compliqués, plus il les aime !

LASCAR

est le chien d'Amédée. Si gourmand qu'il ne mange que des plats faits maison ! Mais le pauvre n'a aucun flair, et ça lui joue des tours !

PÉTULA CANON

C'est la meilleure amie d'Amédée. Elle profite des vacances pour promener son cheval, Vaillant.

ROMÉO

est le petit frère de Pétula. Il a besoin d'être surveillé car il fait beaucoup de bêtises...

PERCY FOUGÈRES

est amoureux de Pétula, et il ne supporte pas l'idée qu'elle lui préfère Amédée...

NANY GÉNIE

joue du cor, elle a une chèvre, du nom de Phénomène... et quel phénomène !

À cheval sur Vaillant,
Pétula passe devant la maison d'Amédée.

Elle l'aperçoit dans son jardin,
mais il a l'air... malheureux.

– Que se passe-t-il, Amédée ?
lui demande-t-elle, inquiète.

Amédée est assis, les bras autour des genoux,
et d'un signe de tête, il lui désigne la gamelle
de Lascar et la laisse qu'il tient dans la main.

Pétula comprend tout de suite.

Et toi, devines-tu
quel est le problème ?

La gamelle est pleine et appétissante puisque c'est Nany Génie qui l'a préparée. Pourtant, Lascar n'a rien mangé !

Aussitôt, Pétula saute de cheval et s'approche d'Amédée.

Amédée se lève, et fait les cent pas, essayant de réfléchir.

– Mais pourquoi s'est-il enfui ?

Il s'arrête net, et s'exclame :

Il y a un pétard près de la niche de Lascar !

Amédée accepte avec joie.
Tous les deux s'éloignent du village.

Hélas, cette petite virée à cheval ne plait pas à tout le monde...

À qui cela pourrait déplaire ? As-tu une idée ?
Il y a un indice pages 6 et 7.

À Percy Fougères, bien sûr !
Parce qu'il est amoureux de Pétula.

Il s'est caché derrière un arbre,
pour les espionner.

– J'ai l'impression qu'on nous observe...,
confie Amédée à Pétula.

Pétula éclate de rire :
– Dans ce village, tout le monde
observe tout le monde !

Amédée sourit :
– Comme dit Nany Génie, mieux vaut
être regardé qu'ignoré.

Ils continuent leur chemin, longeant une prairie
bordée d'une forêt.

Et soudain...

Amédée a de bons yeux. Et toi ?

Lascar est couché dans un fossé,
on ne voit que sa queue qui dépasse.
– Wouf... wouf...

Il gémit, le pauvre. Il essaie de se mettre debout, mais une de ses pattes arrière pend lamentablement, et il a du sang sur sa poitrine.

Amédée le prend dans ses bras,
les larmes aux yeux :

Il le ramène chez lui, avec mille précautions.
Bouleversée, Nany Génie lui apporte
une écuelle d'eau.
Tout en le soignant, elle le console.

De quoi parle-t-elle ?
Cherche un indice sur le mur.

Lascar a perdu son collier !

Amédée et Pétula sont bien d'accord.
– On va trouver celui qui lui a fait du mal, décide Amédée.

Maintenant Amédée et Pétula savent où commencer leur enquête.

Et toi, tu as une idée ?

Lascar avait un champignon dans la bouche.
On ne les trouve qu'en forêt !

Amédée et Pétula, montés sur Vaillant,
se dirigent vers le bois.

En se retournant, ils éclatent de rire.
Phénomène, la chèvre, frappe du sabot, en colère.
C'est que Lascar est blessé et elle ne le supporte pas !
Les enfants la rassurent.

Un peu plus tard, Amédée et Pétula pénètrent dans la forêt. Lorsque tout à coup, Vaillant fait un écart.

Comment Amédée en est-il si sûr ?

Le piège, conçu pour les lapins, n'a pas servi. Et il ne servira pas. Parce que Pétula jette une pomme de pin dedans. Et schlac, le piège se referme !

– Bravo ! applaudit Amédée. Et un lapin de sauvé !

Ils continuent à marcher au pas sur le sentier, mais Vaillant s'arrête. Il ne peut plus avancer, à cause de grosses branches qui barrent le chemin.

Pourquoi Pétula est-elle si sûre d'elle ?

S'il y avait eu une tempête, tous les arbres auraient perdu leurs branches ! Or, un seul arbre a perdu les siennes.

C’est alors qu’en bifurquant sur un autre sentier à droite, ils aperçoivent une cabane, une cabane étrange !
On dirait la cabane d’une sorcière…

Qu’est-ce qui leur fait penser ça ?

La cabane est tordue, il y a un chat noir, et une chouette sur le toit.

Mais ce n'est pas une sorcière qui sort de la cabane.

C'est un vieux monsieur, très souriant, heureux d'avoir de la visite.

Amédée aperçoit quelque chose
et il comprend que le monsieur dit vrai.

Qu'est-ce qu'Amédée a vu ?

Sur la porte il y a un écriteau sur lequel il est écrit :
Parti pour un mois. Vive la vie, vive la liberté !
Les branches ont donc été coupées au moins trois semaines auparavant.

Le vieux monsieur hausse les sourcils :
– Tiens, j'en ai vu un cette nuit, dit-il. Il devait avoir soif, car il est allé directement au ruisseau, et après, pfuit… je ne l'ai pas revu.

Amédée et Pétula remercient le vieux monsieur.

Ils traversent le ruisseau et s'engagent dans un champ. Quand soudain Vaillant se cabre, et fait tomber les deux enfants.

Apparemment il y a un danger. Vois-tu lequel ?

Un chien de berger fonce sur eux. Il a l'air furieux ! Pétula se relève, souple comme l'acrobate qu'elle est.

– Ça va, Amédée ? Tu n'as rien ? demande-t-elle.

Ouf, Amédée s'en sort aussi sans une égratignure. Mais il est de plus en plus inquiet.

Au loin, le berger arrive avec ses moutons.
Amédée pousse un soupir de soulagement.

À quoi voit-il cela ?

L'herbe du champ est trop haute. Si les moutons étaient là depuis la veille, le pré serait tondu.

Amédée et Pétula contournent le champ avec précaution. Et ils tombent nez à nez sur des campeurs, qui s'amusent à toutes sortes de jeux :

certains lancent des flèches sur un arbre,

d'autres s'amusent avec un lance-pierre,

un enfant, près d'une tente, joue avec un objet.

Amédée écarquille les yeux.

Pourquoi d'après toi ?

Il y a un indice pages 16 et 17.

Parce que l'enfant joue avec le collier de Lascar.
– Où as-tu trouvé ce collier ? lui demande Amédée.

– C'est à moi ! crie l'enfant, qui a peur qu'Amédée le lui prenne.

Son papa rejoint Amédée et Pétula, qui lui expliquent que le collier appartient à leur chien.

Soucieux, Amédée prend le collier que le papa lui tend.
Son Lascar devait être affolé, le pauvre…

Ils pénètrent de nouveau dans un bois.
Soudain, ils entendent du bruit dans les fourrés.
Amédée et Pétula tendent l'oreille.

Et toi, regarde bien.
Vois-tu quelque chose ?

On voit le groin d'un sanglier dans le fourré !

Soudain l'animal bondit du fourré et fait face aux deux enfants.
Son sabot racle le sol, il baisse la tête, il va charger...

Vaillant hennit et se cabre, essayant d'effrayer le sanglier. Mais celui-ci ne bouge pas.
Amédée et Pétula n'ont qu'une ressource.

Heureusement les branches sont basses. Ho hisse !
Le sanglier les observe un moment, puis s'en retourne.

Et toi, as-tu compris pourquoi ?

Le sanglier est suivi de trois marcassins. Lorsque Lascar est apparu, la laie a eu peur pour ses petits et l'a chargé. D'où sa blessure au thorax. Alors Amédée et Pétula n'ont plus aucun doute.

En effet, il n'y a qu'à regarder
le sous-bois.

Il est jonché de bogues de châtaigne piquantes !
Les deux enfants descendent de l'arbre, récupèrent Vaillant, et rentrent chez eux.

Près de la maison d'Amédée, ils croisent Percy, toujours aussi mécontent.
Alors Pétula lui propose :

Percy n'en revient pas.
Après toutes ces émotions, Amédée lui laisse volontiers sa place.

Il s'apprête à rentrer chez lui, quand soudain Roméo, le petit frère de Pétula, surgit.

Et ce que voit Amédée le met en colère. Sais-tu pourquoi ?

Roméo joue avec des pétards ! C'est lui qui a effrayé Lascar.

Roméo n'en savait rien.
Il est effondré, car il aime beaucoup Lascar.
Devant sa mine défaite, Amédée l'invite à venir chez lui.

Peu après, devant Nany Génie, Roméo et Percy, Pétula et Amédée racontent leurs péripéties.

Ils pouffent de rire en le repérant.

Et toi, le vois-tu ?

Lascar est lové contre Phénomène, couchée près de lui. Il ronfle joyeusement, épuisé par cette nuit mouvementée. Le coquin, il ne perd aucune occasion de se faire dorloter !

RRRRONPCHiiii
ZZZ
FiN

Les romans à bulles

HOP!

La collection qui joue avec
les mots, les images et les bulles
pour le plaisir des lecteurs !